OSCAR

y la gata de medianoche

Una historia de Jenny Wagner
con ilustracciones de Ron Brooks

Lóguez

Con especial agradecimiento a Bob Sessions
R.B.

Premio al Libro Infantil Ilustrado del año en Australia

Título del original "John Brown, Rose and the Midnight Cat"
Traducción de Ángel J. Martín
© Penguin Books Australia Ltd. Ringwood, Victoria, Australia
© Texto: Jenny Wagner,
© Ilustraciones: Ron Brooks,
© para España y el español: Lóguez Ediciones, Ctra. de Madrid, 90
37900 Santa Marta de Tormes (Salamanca)
ISBN: 84-89804-05-2
Depósito Legal: S. 1.079-1999
Imprime: Gráficas Varona
Polígono "El Montalvo", parcela 49. 37008 Salamanca

El marido de Rosa hacía tiempo que
había muerto. Ahora vivía con su perro,
que se llamaba Oscar.

Oscar quería mucho a Rosa y
siempre estaba junto a ella.

En verano, se sentaba con ella bajo el peral.

No le quitaba ojo cuando ella echaba
un sueñecito.

«A nosotros nos va bien, Oscar» decía Rosa.
«A nosotros dos, a ti y a mí».

Una noche, Rosa se encontraba en la ventana
y miraba al jardín.

«Algo se mueve ahí fuera, Oscar» dijo.
Oscar hizo como si no hubiera oído nada.

«Creo que fuera anda una gata» dijo Rosa.
«No veo ninguna gata» dijo Oscar.

«Estoy segura de que es una gata.
Dale un poco de leche».
«No hay nadie en el jardín» dijo Oscar.

Cuando Rosa se fue a la cama,
Oscar salió de la casa sin hacer ruido
y le dijo a la gata de medianoche:

«Lárgate inmediatamente.
No te necesitamos.
Déjanos en paz, a Rosa y a mí».

A la noche siguiente, Rosa vio de nuevo
a la gata de medianoche deslizarse entre
las sombras del peral.
«Mira, Oscar, ahí está», dijo.
«Ahora puedes verla bien».
Pero Oscar cerró los ojos y no se movió.

Rosa recogió sus cosas de hacer punto,
dio cuerda al reloj y se fue a la cama.

Cada noche, Rosa miraba a través de la ventana
y comprobaba cómo la gata de medianoche merodeaba
alrededor de la casa.

Y cuando Oscar no miraba,
ponía un tazón de leche delante de la puerta.

Y cada noche, cuando Rosa no miraba,

Oscar volcaba el tazón.

«Tú no necesitas una gata» dijo Oscar.

«Me tienes a mí».

En una ocasión, la gata de medianoche
saltó al alféizar de la ventana
y se apretó contra el cristal.
Sus ojos brillaban como pequeñas luces
y su piel resplandecía a la luz de la luna.

«Fíjate bien, Oscar» dijo Rosa
«¿Verdad que es muy bonita?
Ve y déjala entrar».
«No» dijo Oscar y corrió las cortinas.
«No, no quiero dejarla entrar».

A la mañana siguiente,
Rosa no bajó a la cocina.
Oscar esperaba su desayuno,
pero no se movió nada.

Fue a ver qué sucedía.
«Estoy enferma» dijo Rosa. «Tengo que guardar cama».
«¿Todo el día?» preguntó Oscar.
«Todo el día y muchas semanas» dijo Rosa.

Oscar pensó y pensó durante toda la tarde

y continuaba pensando cuando se hizo de noche.

Después fue de nuevo a la habitación de Rosa
y la despertó con cuidado.

«¿Te pondrías bien si la gata de medianoche
viniera a vivir con nosotros?» preguntó.
«¡Oh, sí» dijo Rosa. «Eso es justo lo que deseo».

Oscar se fue a la cocina,
abrió la puerta
y dejó entrar a la gata de medianoche.

A partir de entonces, los tres se sentaban
delante del fuego de la chimenea.
Rosa, Oscar y la gata de medianoche...

que ronroneaba feliz.